볼록 거울이 있는 방

KB191689

볼록 거울이 있는 방

고경서 시집

시인의 말

부재의 숲에 집을 지었다

눈썹지붕도 주춧돌도 세우지 못한

종이 집을…….

가끔 바람이 스치길 기다린다

2024년

고경서

차 례

● 시인의 말

제1부

근황 ———— 12

춤추는 디오게네스 ———— 13

빈 드럼통 굴리듯 ———— 14

흑산 적소에서 ———— 16

볼록 거울이 있는 방 ———— 18

미라의 고백 ———— 20

회전문 ———— 22

페르시안 석류 ———— 24

환기 ———— 26

난청 지대 ———— 28

고사목 ———— 30

물총새가 앉았다 떠난 나뭇가지 ———— 32

오프너 ———— 34

착란의 일기 ———— 36

하우스 푸어 ———— 38

제2부

무인도 ——— 42

마네킹 ——— 43

클립 ——— 44

매병은 매병을 모르고 ——— 46

무거운 책 ——— 47

드라이플라워 ——— 48

그만 핏빛 노을을 멈춰 줄 수 없겠니 ——— 50

꿈에도 모서리가 ——— 52

시녀 ——— 54

그늘 공양 ——— 56

물금 ——— 58

대자보 날다 ——— 60

혹등고래 ——— 62

8월의 이카로스 ——— 64

마인드맵 ——— 66

제3부

필경 —————— 68

페트병 속에 들어 있는 저녁 —————— 70

동피랑을 손에 쥐고 —————— 72

역광 —————— 74

모나리자, 모나리자 —————— 76

천장호 —————— 78

도착하지 않는 바퀴처럼 —————— 80

감포 —————— 82

개양귀비 네트워크 —————— 84

잘라먹는 오후 —————— 86

허풍선이 —————— 88

기억의 지속 —————— 90

7부두 —————— 92

관음 —————— 94

하늘 밑 사리가 익을 때까지 —————— 96

제4부

담쟁이 ———— 100

종이컵 ———— 101

스키드 마크 ———— 102

25시 ———— 104

추파 ———— 106

나팔꽃은 알고 있다 ———— 108

개성 삼계탕 ———— 110

공을 피해 달아나다 ———— 112

낙관 ———— 114

푸른 뱀 ———— 116

홀리다 ———— 118

시클라멘 ———— 120

눈물酒 ———— 121

자정을 스크랩하다 ———— 122

펜혹 ———— 123

▨ 고경서의 시세계 | 이병국 ———— 125

제1부

근황

　이곳 키 작은 소나무들도 가로수라고 부른다지요 바다 쪽
으로만 시선을 고집한다지요 길바닥에 발붙이고 사는 그늘
이나 전지를 당한 옹이도 같은 방향입니다 해안을 달려온
마파람이 고백처럼 물거품을 털어놓으면 나이테는 이것을
발자취로 기록하지요 까치놀이 색색의 능라로 치장한 해그
림자를 신는 시각, 화염 속으로 비상하는 철새들은 뜨겁게
타오른 축제를 냉정히 뿌리친다지요 도요에 어스름이 등을
켜면 칠백 리 서사를 헤엄쳐 온 지류는 민물과 갱물이 치근
대는 통에 갯고랑이 팬다지요 모래톱은 바다 치는 힘으로
융기하고요 다 식은 불길을 덮어놓고 입 벌린 하구가 저녁
문고리를 잡아당기면 접안에 든 포구는 깊어질 조짐을 보입
니다 그런데 어쩌자고 모래톱은 애먼 강을 바다에 넣고 한
천년을 출렁이는지요

춤추는 디오게네스

플라타너스 그늘을 손에 들고 하모니카를 분다 오선지처럼 펼쳐진 횡단보도 건너온 햇살이 가판대 신문을 입술로 문지른다 눈먼 바람이 강약의 리듬을 토해낸다 검은 색안경이 연주하는 먹구름 한 소절, 가깝고 먼 저음의 멜로디가 길 위를 떠돈다 무거운 침묵이 울림통 속에서 세상을 흔든다 몸 기댈 지팡이도 눈물도 없이 비탈에 널브러진 음계들 빛과 어둠을 백동전처럼 껴안고 노래가 되지 못한 슬픔이 높낮이를 조율한다 악보에 없는 미로를 빠져나온 고단한 생, 반 옥타브 낮은 불협화음이 숨통을 막는다 바닥에 엎드려 구걸하는 그림자가 촉지도 위에서 비틀거린다 점자에 몸을 맡긴 점멸등 활짝 피어라 빨주노초파남보

빈 드럼통 굴리듯

그러니까
무정부주의자
오늘도 전쟁처럼 싸워보는 거다
흑백 이데올로기 따윈 벗어던지고
빈 드럼통 굴리듯 세상을 돌리는 거다

오장육부 한입에 몰아넣고
혼돈의 시대
반역을 꾀하는 자
물 폭탄으로 고문을 하는 거다

때 묻고 얼룩진 세상
상반된 입장끼리 뒤엉켜 회전할수록
구심력은 강해지는 법

우우우, 봉기하듯 치솟는 물길에
쳇바퀴 돌려가며
긍정과 부정이, 진보와 보수가

서로 아우성이다

자백하라
자백하라

파국의 소용돌이에 휘말려
퇴각하는 혁명군처럼
뼛속까지 짓뭉개져야 한통속이 되는 거다

백기 든 평화가 오는 거다

흑산 적소에서

1

낡은 목선을 베고 누우면

카랑카랑한 파도 소리 서책을 읽는 밤

물발 센 뱃길이 한 장씩 넘겨질 때마다

생살 깎아낸 구멍바위 불면을 짓누른다

깊어진 수심이 문지방을 넘으면

지척에 둔 피붙이 잔기침 소리

섬향나무를 흔든다

생은 저인망 그물코에 걸려든 물고기인가

독배를 마신 세상은 칼바람에 목이 잘려지고

칠흑 바다가 긴 혓바닥으로 눌러쓴

자산어보 구절구절들

2

첩첩 급물살이 밀어닥친 벼랑 끝

실뿌리 하나로 뻗어가는 풍란들

어금니 악물고 내뱉었을

난향이 섬 바깥으로 퍼져나간다

뒤덮인 해무가 자맥질하는 필사본에서
가시면류관을 쓴 결빙의 문장들
역풍에 꺾인 채 신생을 꿈꾸는
밀교가 피어올린 꽃
유배에서 풀려날 위리안치가 멀기만 하다
지필묵으로 눈을 씻는 기도 소리
희디흰 향기가 구멍바위를 메운다

3
먼 기별에 녹슨 가슴 못질하는
황포 돛대 우는 사연 격랑으로 듣는 새벽
떠도는 섬의 행간 사이로 넘실거리는
향기로운 복음들
죽음 안에서 살길을 전파하는
둥글고 환한 무풍지대
십자성을 유영하는 물고기를 어탁한다
해안선이 선지자의 눈빛으로
성호를 긋는다

볼록 거울이 있는 방

화병에 꽂아둔 아이리스
갈까마귀 떼울음이 책상에서 시든다

검은 사각으로 감싼 방
조도 낮은 거울 속엔
버지니아 울프가 뒷모습으로 앉아 있다
입술로 말하는 책들
왜곡된 욕망이 페이지마다 얼비친다

암막 커튼 틈새로 본 새들의 발자국
저 바닥의 허기를 깨워야 한다

끓는 피를 식히는 선율을 잠재우고
엘피판은 음역대를 오르내리며
물비린내 잠긴 그녀를 휘감아 돈다

표정 없는 이니셜이 심장에 불을 켜고
판막증 앓는 일상을 움켜쥔다

한 권의 생애를 탐독하던 그녀
수만 송이 꽃으로 피어난 페미니즘
절정으로 치닫는 순간,
레테의 강물 속으로 걸어들어간다

격류에 침몰하고 만 허공
바람 무늬로 일렁이는 밀서를 읽고 있다

미라의 고백

나는 늙은 파라오의 애첩

한 벌 남루한 사랑을 벗어놓고
불임의 땅에 모래바람으로 누웠다

백골 마디마디 야윈 물길 열어가며
통음通飮하는 기억들
멸망한 왕조의 묘역을 떠돌고 있다

한때 추앙하던 당신
덩어리째 농익은 밤마다
목젖에 걸려 아프게 만져지고

지열 식힌 밤하늘 물병자리 끌어안고
파피루스 낱장마다 빗소리를 각인한다

끓는 피와 벗은 살내로 짜낸
향유를 덧바르고 사막으로 돌아간

당신의 부장품
껴묻은 달빛에 눈물을 말리고

함부로 쓰다 버린 애욕
조향調香을 쥐고 돌무덤을 일으킨다

홀로 수금을 켜는 밤이
스핑크스 울음소리로 깊어가는

외로움도 유적이다

회전문

입을 벌리고 웃는다

입구와 출구가
한통속인 매머드 빌딩

아침을 벗어놓고 시계방향으로
출근을 밀어 넣는 순간

이백여섯 개의 뼈마디가 콧대를 꺾는다

긴 하루를 입은 화이트칼라 족族
닫히면서 열리는 칼날에
일용하는 식구들 숟가락이 긴장하고

정오를 회전축으로
밥줄을 조인 넥타이가
자존심을 쥔 서류 가방이 굴종을 강요한다

먹이사슬은 유리 구멍을 통과하는 것
입심 하나로 맨바닥을 후벼판다

밤은, 깨지고 부서진
별똥별이 출구를 뛰쳐나간다

페르시안 석류

일몰은
한 권의 유고집

잘 익은 선홍빛 문장이
알알이 맺힌 밤
차도르 뒤집어쓴 어둠 속에서
고인 핏물이 황촉을 밝힌다

늙은 술탄의 송곳니에 박힌 씨알들
길 없는 사막에서 자생한
천일야화

당신은 떨리는 가슴으로
모래언덕을 넘는 사람

아라베스크 문양을 족적으로 남기고
끝 간 데 없는 미궁에 갇혀
밀랍인형을 쫓아가는 알리바이

말꼬리 물고 늘어지는 아라비안나이트
박제된 설화를 구어체로 풀어낸다

입안에 맴도는 죽음의 냄새
닫힌 입술과 열린 입술
그 벌어진 잇새로 달무리가 들어선다

농밀한 향내
타액처럼 분비되는 에스트로겐
빛과 색을 잃은 뼛속까지 타들어간다

환기

빗돌 없는 무덤이다

바람살이 허물던 옹관
늦은 밤까지 따라와 잠을 설친다

발굴한 젖비린내
한사코 울부짖던 애장은
슬픈 가계를 드러내고

흰 뱀이 벗어 던진 허물처럼
배냇짓 키우던 거푸집
한 채

누대에 걸쳐 수의를 짓는
살구나무가 죽은 어둠을 밀어낸다

옹알이하던 새들은 어디로 갔을까

짧은 생의 탯줄을 끊고
차가운 가슴으로 오열하는
어미의 회한
젖꽃판에 새기면

자식 잃은 별자리 나비잠을 불러온다

울컥 파헤친 진혼곡을 안고
애기똥풀이 어미인 양

빈 젖을 빨고 있다

난청 지대

깊고 좁은 골목에 플러그를 꽂는다

먼 하루를 재방송하는 저녁
막장 드라마를 시청하는
사내의 귓속으로 물소리가 흘러든다

가난이 비탈을 오르는 장면에서
불쑥 터진 너털웃음이 고막을 삼킨다

주파수를 맞춰도 닫혀 있는 귀
고장 난 빗줄기가 사내를 패대기친다
순간, 잡음이 섞인 수렁에 빠져들고
몸부림치는 사내

채널을 바꿀 때마다 설전을 벌이는 장맛비
빗소리가 긋는 이명이 날카롭다

허방의 한 지점으로 몰아넣고 내빼는

소리가 소리를 간섭하는
귓바퀴의 공회전

어둠 속에서 통증이 익어간다

고사목

연대기를 알 수 없는

검은 책이다

머나먼 시간을 집대성한 페이지를 넘기면

불탄 새의 발자국이 떠도는

바람의 유적지

막다른 길에서 시간은 일어선다

이마에 매지구름 걸쳐놓고

진눈깨비 맞는 산,

박제된 새소리가 나이테를 안고

풍장에 든 까닭 차마 발설할 수 없어

활활 피우는 눈꽃

명조체로 흐르는 햇빛이 서술하는

몰락한 종교의 잠언서

나무의 필적이 행간을 읽는 동안

명을 다하지 못한 고전

꺾인 나뭇가지는

절망을 수식하는 문장이다

몇 권의 눈부심이 사리처럼 반짝인다

새떼들 젖은 울음 밑줄을 긋고
구전하는 말씀들
뼈를 삭이는
일편단심
그루잠을 건너온 울창한 기억들
작자 미상의 목판본 한 질
집필되고 있다

물총새가 앉았다 떠난 나뭇가지

멋진 그림자를 키워 봐
죽을힘을 다해

긴 산부리가 내려앉은 저수지
물총새가 앉았다 떠난 나뭇가지가 일렁인다
수면에 비친 깃털은 파문을 접고

거꾸로 선 물푸레나무 탈주를 시도하는
수천수만의 햇빛 문양들
깊고 얕은 물 속에서 뿌리째 찰랑찰랑
해종일 지친 그늘을 쓸고 가는 바람 소리

물총새가 독오른 먹잇감을 낚아챌 때
발을 헛딛곤 해
활공과 착지를 되풀이하는 날갯짓
잘 벼린 부리가 집요하게 쪼아대는
그런 날은
외로움도 쭉쭉 뻗어갈 거야

물거울 속에서 바람마저 헛발질하는

그런 날에는

큰 소리로 한번 웃어봐

오프너

병목 현상은 허공에도 있다

동면을 박차고 나온
병꽃나무 봉오리에 빨간불이 켜지고
코르크 마개를 따듯
뿌리가 땅을 힘껏 누르면 봄물이 돈다

곁가지들 환한 햇빛 속으로 달려간다
수액을 꺾어 들고
돌연 질주를 멈춘 4차선 도로에서
꽃, 꽃잎을 터뜨린다

찻길에 나선 벌 떼들
미처 시야를 확보하지 못한
좁아진 차선으로부터 꽃대를 세운다

태양을 겨냥한 꽃의 심장들
붉게 발효된 꽃물을 콸콸 쏟아낸다

훈풍이 흘리고 간
감정의 소통

길 없는 길을 주행하는
빛의 파장으로 피고 지는
중앙선에서 멀어질수록 허공은 가파르다

초저녁 차고 기우는
눈썹달이 개밥바라기별을 들어 올린다

미상불
직진도 꺾일 때가 있다

착란의 일기

까마귀 우는 밀밭을 걷는다

샛노랗게 질린 이랑을 붓질하는
무명 화가

눈에 띄는 건 우울을 덧칠하는
낡은 구두뿐

성마른 회오리에 휘말릴 때마다
이해할 수 없는 심정으로 야위어간다

꽃 피운 적 없는
집에는 백 년 후에나 당도할 것 같아

화폭을 벗어난 길들
발작적으로 엉켜들고 있어

압생트에 취한 날들이 술렁거린다

어디로 튈지 모를 짐승처럼
광기 어린 눈동자 절망을 조준하고

석양을 저격한 붉은 총성이 귀를 찢는다

지상에서 공중제비 도는 별빛들
점묘법으로 채색하는

지금은 에스키스의 시간

하우스 푸어

열사熱沙가 휩쓸고 간
어제의 불꽃
불길한 예감으로 충혈된 눈빛들

난간 없는 허공에서
무작정 뛰어내리는 눈발들
진눈깨비로 흩어지고

미납된 고지서들
마이너스 통장엔 바람만 쌓인다

헛바닥에 짓눌린 응어리들
탕감받지 못한 안색으로 무너져 내린
기둥 없는 집들

낮술로 찌그러진 옥탑방
야반도주한 가난이 깡통 소리로 구른다

새파랗게 질린 눈사람들
돋을볕 등진 채 형극荊棘을 건딘다

검붉은 쪽지들
터지는 뇌관 속에서 눈을 뜬다

제2부

무인도

염소가 섬을 씹고 있다 바다는 섬을 그러안고 나무는 염소를 숨기고 포말로 새김질하는 바다라는 말뚝, 염소의 영역 목줄 풀린 해풍이 옭아맨 바다를 뱉어낸다 새카맣게 우는 섬 바다에 솟은 뿔 막막한 벼랑에 기대어 지붕도 없이 살아가는 관계는 고립이자 낯선 평화 밀물과 썰물의 대치, 볼모로 잡힌 어둠살 곧추설 때마다 웃자라는 염소의 뿔 긴 밤을 칭칭 감은 말뚝에서 벗어난 자유는 구속의 다른 이름 방목한 울음이 어둠을 치받아도 바다를 떠나지 못해 염소만 키우는 섬, 그런데 왜 내 뿔은 엉덩이에만 솟는 걸까

마네킹

빙하기에서 발굴한 여자 꽃무늬 외투와 챙 넓은 모자로
박제된 얼음공주 쇼윈도에 전시한 계절이 감각적인 색채로
헛꽃을 피운다 한 방향으로 시선을 고정하고 욕망을 거래한
다 무덤 밖을 응시하는 눈길에 걸려든 사내들 흠뻑 젖어 있
다 불특정 다수를 향한 오늘, 디스플레이된 햇빛도 신상 한
껏 치장한 유행을 갈아입고 참신한 계절 매력적인 인간으로
환생한다 뒤돌아보지 않는 뜬구름 따윈 유혹할 수 없다고
잘린 머리가 날조된 감정을 패러디한다 극지의 오로라가 연
출한 호기심을 한 꺼풀씩 벗겨내고 유빙처럼 떠도는 여

클립

애인들은 독신을 숨기고 있다

연애의 갈피마다 모서리가 접히는 밤
눈먼 바람을 집어넣고
헛물켠 듯 서로를 열망한다

백지장 맞들어 둘이면서 하나인
인연으로 맺어진 언약
겹겹 낱장끼리 얼싸안는
면사포는 실오라기로 엮은 서약서

오전과 오후에 꽃다발을 끼워 넣고
하루치 밥벌이를 전전하다
물집 잡힌 저녁에서야 마주하는
길들의 포옹

날 선 입맞춤에 혀를 베이고
빗나간 말의 각도에 웃음이 찢겨지는

팽팽한 각축

간이침대에서
물과 불로 된 생의 이면지처럼
불편한 잠을 끌어다 덮는다

해진 소맷귀가 적막의 깊이를 재고
속내로 뒷덜미 서늘해도
가려운 등 긁어가며 동거를 고집하는
귀밑머리

서랍 속 백지 사랑

혼신의 힘으로
온기 몇 장 기꺼이 첨부한다

매병은 매병을 모르고

감은사지 옆 공방 진열장에 가부좌 튼 분청사기 한 점 표면에 생긴 검은 점이 눈길을 빨아들인다 도공은 블랙홀 같은 흠집을 태양의 흑점이라는데 나는 빛을 채굴한 분화구에 핀 검은 꽃이라 맞받아친다

신라적 빗소리를 흥정하는 시간 예고 없이 장대비 쏟아지고 긴 잠에서 깨어난 대종천 물소리 귓바퀴 속으로 마른 물길을 열어간다 한때 불이었던 먹구름에 고인 눈물이 귀얄 문양으로 흐른다 황홀한 슬픔의 진앙지

먼 시간 계송처럼 읊던 빗소리 화두를 게워 낸다 물길 찾아 허공을 어지럽게 배회하던 빗발들 늑골 속으로 들이친다 무너진 절터를 합장한 만파식적이 깎아지른 찰주를 노래한다 목마른 불길로 해후한 천 년 전 바람

나는 흑점을 모르고 도공은 꽃을 모른다

무거운 책

　서랍장에 쟁여둔 수건들. 날실과 씨실로 직조한 문양이 들고난 길의 흔적. 간결체의 문장으로 추억을 선사한다. 한물간 세월에 삭제된 아버지 회갑, 훌쩍 자란 조카의 첫돌사진, 바닥을 훔친 부도난 가계가 한 줄로 요약된다. 발목 잡혀 너저분한 삶, 각진 세상 물어뜯다 누설한 토사물 같은 이력들, 개켜진 채 희로애락을 펼쳐 보인다. 캄캄한 절벽에서 실족한 피투성이를 감싼 리얼리티가 생생하다. 드난살이에도 오탈자 없는 지문들. 닳아 해진 페이지마다 기념비적인 행사를 기록하고 증정한다. 실패한 인생마저 현재 시제로 서술하는 그림자의 영역. 퇴고 없이 열거한 한 권의 회고록

드라이플라워

꿈꾸는 연서

안개꽃으로 봉인한
지난봄 갈증

밤새 쓰다
찢어버린 발자국

햇빛 걷어낸 행간에서
날 선 울음 말리고

꽃그늘 열어
나비는 바람을 접는다

못다 읽은 향기
끝내 보내지 못한
이별

실루엣으로 남아
꽃말로 낡아간다

그만 핏빛 노을을 멈춰 줄 수 없겠니

액자 속 그녀
아다지오 리듬으로 운다

절반의 빛과 나머지 어둠으로 끝장낸
결별일수록 냉소적인 눈동자
미간을 찡그린다

헌 신발 바꿔 신고
등 돌려 가는 길은 환멸로 뒤채이고

손끝이 가리키는 액자 밖
그것은 그녀의 감정

비대칭의 얼굴이 녹아내린다

와디를 건너는 낙타처럼
난산한 어미의 산통을 위로하는 마두금처럼
슬픔은 내부로 향하는 법

귓불에 달린 흉터를 매만지며
아픈 기억을 재생산하는
눈물의 산실

아우성으로 붙잡아 보는
사랑
갤러리는 양수를 에워싼 채
숨을 죽이고

숱한 날들 바람으로 울었으니
핏빛 노을아, 그만 멈춰 줄 수 없겠니

꿈에도 모서리가

가위눌린 밤
자정은 사방이 막혀 있다

악몽이 곡각지로 달아나고
어둠은 한마디도 발설하지 못한다

맨발로 뛰쳐나온 빈집들
쪽창 너머 예각을 지닌 문밖에선
된바람이 미행에 나서고
게슴츠레한 가로등
날밤 지새우는 불안의 은신처

겉잠을 덜어낸 개 짖는 소리
허튼 장단에 불빛은 제풀에 넘어지고
모골이 송연한 꿈자리
옴니버스식으로 압박해 온다

숙면과 불면을 오가던

눈두덩은 땅속으로 꺼지고
비탈진 벽을 걷어찬 해바라기꽃
조화弔花로 시들어간다

아픈 관절 일으켜 세우는
우물에선 물뱀 우는 소리가 뒤척인다
날름거리는 수면에 얼굴을 대고
싱거운 농담이 지푸라기라도 잡는

이 어둠은 입이 무겁다

시녀

검은 망토
뒤집어쓴 골목길

사이키 불빛
별밤지기 노래방

가사도
음정도
박자도
놓친, 그녀가

취한 당신들의
탬버린을 흔든다

밤
다만,
예의를 잊지 않고

가슴에 달린 동백꽃 코르사주

동백으로 필 때까지

그늘 공양

한 사발 봄볕을 치대어
늙은 홍매화 공양을 짓는다

뜬구름 몰아온 명주바람
잉걸불 지피고

펄펄 넘치는 꽃향기
일렁거리는 불꽃은 바라춤이다

금강계단이 친견에 나서면
가부좌 튼 잔가지들 야단법석이고

시들지 않는 꽃살문 열어젖혀
밥알 같은 꽃잎들
경전처럼 펼쳐 들고 탑돌이를 한다

목어가 뱃속에 울음을 채우듯
생은 빈 밥그릇에 고봉밥을 담는 일

전각의 낮은 지붕들 어깨를 맞대고
탁발에서 돌아온 쇠북소리
발우를 내려놓고 합장을 한다

바람이 숟가락질하다 흘린 꽃잎들
맨땅에 깊어진 꽃그늘 쓸어 담아
봉발탑은 적멸을 쌓고

염화미소 한 그릇씩 비우고
독송하던 산사 좌선에 든다

물금

완행열차가 정차할 때마다
수수꽃다리가 플랫폼을 내다본다
보랏빛 선로를 타고 온
계절의 수신호
후끈 달아오른 우듬지
한자리서 뿌리 내릴 수밖에 없어
상행과 하행은 엇갈릴 수밖에 없어
만남과 이별을 끌어안고
서로 다른 가슴앓이로 지친 강물
연착을 알리는 안내방송에
등 굽은 세월이 허리를 편다

역전다방 미스 킴
생의 경로를 탈선한
간이역
꽃바람이 건넨 풍문에 취해
물오른 전성시대
떠나간 모든 기차는 짝사랑이다

마른 뼈로 일어선 청춘이

물안개를 주문해 오면

비음 섞인 농말로 꽃주름을 편다

울컥, 눈자위 붉힌 봄날

몸을 보내고서야 향기로 남은

애인아,

대자보 날다

한겨울 전동차에 무임 승차한
배추흰나비 한 마리

어쩌자고 길을 잃었을까

날개로 써 내려가는 괘서掛書
지하 어둠을 좇아
혁명으로 이끈 아나키스트처럼
허물을 벗고 우화를 꿈꾸는

고추바람에
저항이라고는 고작 날갯짓
해방구조차 관념으로 읽히는

늙은 사내의 졸음
장다리꽃 피는 들판을 모색 중인가
손잡이에 매달려 뭉치고 흩어지는
벼랑 끝 비행

사방에 삐라처럼 뿌려지는 눈빛들
정해진 노선 흔들린다
무장 해제된 봄날은 멀고

세상은
종착역 없는 전쟁으로 치닫고 있다

혹등고래

한 여자
오체투지로 시장바닥을 밀고 간다

인파 속을 자맥질하는 우아한 춤사위
순례하는 난바다가 깊다

한때 푸른 해양을 전전하다
세상의 조류에 휩쓸려버린 섬

발목을 가져본 적 없는 인어처럼
질긴 고무판으로 아랫도리를 입고
흘러간 유행가로 갈매기들 불러 세운다

영혼 없는 파도소리

구걸하는 비린내 포획한 손끝으로
좌판에 눈독 들인 번뇌를 떨쳐내고

헛짚은 바구니로 던져지는 눈길들
이는 지극히 사적인 화법이다

물너울 안고 속울음으로 합장하는
저 포유류의 힘찬 비상

8월의 이카로스

울고 있다

고장 난 신호등
그림자마저 잃어버린 유령
채무자의 낙인으로

팔월 한낮
가시권을 벗어나
태양신을 향해
불사조처럼 날아오른다

상승기류를 타고
밀랍처럼 녹아내리는 식솔들
검게 탄 신발은 바닥의 징표
추락하는 넋두리
갈가리 찢겨진 채
비상할수록 낮아진 건널목

주홍 글씨가 타다 만 날개를 펼친다

훙건한 울음 연좌제로 오는,

마인드맵

탁란의 계절이다 둥지를 빼앗긴 나무에게 연둣빛 날개를 달아줄 거야 어둠에 익숙한 새들은 궁리 중이다 새순은 뿌리에서 정수리까지 나이테가 풀어내는 생각의 씨앗들, 수액이 도는 나무가 불을 켠다 물관은 쉴 틈 없이 가동하는 욕망의 중심축 푸른 이데아가 곁가지로 뻗어간다 입술을 깨문 그늘이 울퉁불퉁하다 먹장구름을 밀쳐낸 날갯짓이 푸드덕, 알껍질을 깬 꽃의 닿소리들 태양이 둥지를 품고 허공을 털어낸다 몽상가, 봄의 박동에 부화를 기다리는 호두나무 한 그루 새들이 떠나간 수형도 속에 한 여자가 서 있다 누구라도 숲이다

제3부

필경

결박을 절박이라고 오독하는 밤

포승줄에 묶인 사내의 몽타주
지명 수배된 얼굴이다
어제의 인기척이 유리창을 깨고

잠투정하던 바람도 잠든 새벽 4시
핏발 선 좀비끼리 멱살을 쥔다

뜬눈으로 밤을 견디는 시시포스
죽은 카뮈는 숙면에 들었을까

비바람 발길질에 우는 법을 익힌
홍매화는 긴 잠을 밀어냈을까

배수진을 친 어둠과 손잡고
불면이 전방위로 확장해 온다

우뇌를 열고 실종된 언어들
수천 개의 화살에 명중된 기분들

식은땀이 도피 중인 사내를 훔치고
생가슴 태우며 날밤 지새우는
우리는 밤잠을 빼앗긴 용의자

사방연속무늬 벽면에 갇혀
그 어떤 결박도 절박을 구원하지 못한 채
찢어지고야 말

페트병 속에 들어 있는 저녁

껍데기로 남은 생애
내용물을 비워낸
페트병에서 사생활이 내비친다

울분에 찬 쓰레기 같은 세상
뒷북치듯 살아온 날들은
재활용도 쉽지 않다

쥐똥나무 발길에 걷어차이고
흉금을 터놓는 그늘에 떠밀리다
버려지고 잊힐 것이다

죽음 앞에서
자신이 키우던 양의 목줄을 딸 때
고통 없이
급소에 칼날을 들이대는 유목민들
모가지에 꽂힌 생이 무덤이다

상투적인 웃음은 쓸모를 잃고
구겨진 상처는
수거함 속에서 헛물을 들이킨다

입에 발린 독설을 내뱉으며
차마 분리할 수 없는
눈물과 슬픔은 폐기될 운명이다

조문하는 바람은 목이 마르다

동피랑을 손에 쥐고

물때를 기다리다
해안선이 전생을 엮고 있다

바다로 나서지 못한 길
죄다 언덕이 되었다

비탈의 기울기로 정박한 집들
미닫이문 열어놓고
화투패로 운세를 점치는 노인들
손안에 든 바닷물

격랑의 시대
한 끗 차로 뒤집힌 만선의 꿈
피박 씌우듯 깊어진 시름
쓰레그물로 쓸어 담는다

팔월 공산 밝히는 보름달
월척으로 낚아

처마 끝에 매달아 놓고
패착이 된 바다를 만지작거린다

한뎃바람에 동백은 겁 없이 지고
목선 한 척 닻을 내리면
심해로부터 추방당한 천사들
벗고 간 날개옷 암각화로 곧추선다

역광

마른 갈대가
몸 안에 괸 탄식을 뱉어낸다
갈필로 휘갈겨 쓰는
비망록

상두꾼 선소리로 흩어진 제방에서
풍화된 시간이 실눈을 뜬다

가시연꽃은 북새바람에 꽃을 잃고
살얼음 낀 가장자리 밀어내는 수생식물들
습지가 뉘엿뉘엿 노을을 지핀다

진창길을 읽고 가는
새들은 하염없이 둥지를 버리고
흘리고 간 깃털에서 한 생이 스러진다

쇠기러기 편대가 몰아가는
일억 사천만 년

불 꺼진 수장고를 박차고 날아오른다

잉걸불 타는 저녁의 문장 속으로
선회하는 날갯짓

점점 또는
둥
둥
둥
허공은 새의 발자국들로 낭자하다

모나리자, 모나리자

자작나무 백지에 눈이 쌓이고
눈썹 없는 바람 붓으로 그린 화첩
두루마리로 감겨져 있다

겉과 속이 다른 새벽
함부로 쏟아지는 눈발을 뒤집어쓴 채
적설량의 깊이로 흰빛을 배설한다

입에서 항문으로
괄약근이 열리고 닫힐 때까지
지리멸렬에 빠져 소화되지 못한
감정의 찌꺼기들

변비의 나날들
돌올무늬가 바닥을 더듬는다
오늘이 어제를 밀어내고
사랑은 이별을 닦는다

설원에 빠지는 발자국들
요철을 밟고
절취선 밖으로 미끄러진다

엠보싱, 엠보싱
배설排雪은 소리 없이 녹아들고
맺힌 응어리 날려 보낼 해우소가 있어
오장육부 가벼워진 몸

된바람 맞고 빈 잔을 채운 날
옛 애인이 말똥말똥 쳐다보고 있다

천장호

천 번을 울어야
한번 돌아보는 꽃을
소슬바람이 흔들고 있다

산이마를 어루만지는 호수
깊게 팬 주름살

날숨 몰아쉬는 단풍나무
빗장뼈 적시는 나잇살 내려놓고
꽃불을 지핀다

늦가을의 문장들
살아온 귀가 젖어 있다

꽃을 탐하는 가슴도
알고 보면 벼랑길

천 번을 울어도

한번 소리 한 번 내어 울 수 없는
먼 사람아

도착하지 않는 바퀴처럼

한마디로
밤 기차는 멀어지는 불빛으로
생각이 많고

뿌리에서 우듬지까지 내달리는
철로변의 나무들
일방적이다

레일은 한 방향만 고집하고
뒤로 봐도 앞이 보이는
풍경들

홀로 남겨진 마음에 꽃 진 자리 있어
민무늬 목탄화로 그리는 바람길

암전 속에서 역행하는 상처의 유형지
옹이, 내부가 궁금하다
고르지도 무겁지도 않는 결 통과한

노선 없이 피고 지는 꽃
그 꽃이 울 수 있는 방은 없다

구멍 난 하늘을 싣고 운행하는
삼태성은 어디서든 순방향

우린 어디로 가고 있지?

집으로 오는 티켓을 놓친 채
은하의 가장자리를 떠돌고 있다

감포

저것은 고요

졸지에 잡혀 온 수평선
비릿한 생을 단칼로 내리친다

물비늘 튀기며 바다를 칼질하던
지느러미 파르르 떨고

생소주 잔에 토해낸 날비린내
앙가슴을 잡아챈다

집어등은 밤바다를 밝히는 눈알
부표처럼 떠 호객하는 간판들
편향된 어둠이 출렁거린다

그물코에 던져진 먹잇감
사투 끝에 걸려든 말향고래
죽어가는 어미를 부르는 새끼들

눈시울 닦는 울음이 펄떡인다

첨벙,
만취한 술병이 건배사를 외친다

한물간 바다가 싱싱하다

개양귀비 네트워크

수만 리 밖 기지국에서 송출한
햇살이 주파수를 맞춘다

고화질 영상 속에
신기루를 녹화하는 부전나비들

들판을 혜적이는 개양귀비
꽃무리를 배경으로 불꽃이 터진다
되감고 풀기로 반복하는
바람의 카드섹션

야외무대를 들썩이는 향기
색색 애드벌룬이 절창으로 치닫는
이곳은 우주의 중심

꽃은 누구에게나 우호적이다

광속으로 타전한 축제 한마당

다큐멘터리가 자막 없이 방영되고
제철 맞은 봄날이 캉캉 춤을 춘다

슬로우 고고
고고 슬로우

지구 반대편 누란 왕국에서
화관을 쓴 소녀가 격앙된 분위기로
울고 있다

잘라먹는 오후

어미 코끼리가 아기 코끼리의 말꼬리를
잘라먹는 오후

아열대숲에 스콜이 퍼붓자
빗줄기의 소란을 자장가로 덮어준다

먹구름조차 거들떠보지 않는 바나나
꽃은 본 적 없지만
코끼리 코는 만진 적 있다고

말머리 잡고 걸어 나오는 스무고개

고온다습한 체온에 늘어진 귓바퀴들
밀림을 입에 문 바나나를 벗겨낸다

울컥, 헛배가 불러온다

살을 맞대고

애간장 녹아내린 어미가 감당해야 할
눈물의 농도는 제로
마른침만 삼킨다

리모컨이 재미 삼아 돌려보는 여자
농담과 거짓말 사이에 신바람이 빠져 있다

허풍선이

사거리 횡단보도 앞
신장개업한 봄이 한창이다

쌍무지개 뜨는 가설무대
피에로 인형

입이 없다

새로 출시된 벚꽃들
천박한 자본주의가 난분분하다

탭댄스 장단에 가면을 덮어쓰고
한 끼 밥을 구하는 바람잡이

막춤을 춘다

몸 안에 벼랑길을 지닌
내성적인 그녀가 살아가는 방식

활활 타올라 하르르 꺼지는
전시용 웃음을 팔아 드레스를 산다

바람이 중심을 잡는다

기억의 지속*

채색이 끝난 화폭에
유칼립투스는 태양을 옮겨 심는다

시계視界 밖으로 지중해가 넘실거린다
고장 난 회중시계가
심장이 뛰는 잔광을 가지에 걸어둔다

열두 개의 눈빛이
시간의 마차를 채찍질하며
봉인된 기억을 다발적으로 몰고간다

죽은 뿌리가 이파리를 꿈꾸는
몽상의 접경지대로 흐물흐물 녹아내리는
시침과 분침

그가 4시의 프레임으로 표정을 바꾼다
감각의 시차로 오는 콧수염
날씨 예보가 빗나간 질의문답처럼

이해할 수 없는 이미지들이 광기를 보인다

망각은 결코 실토할 수 없다

햇살을 쟁여 희망을 고문하는
꺾인 나뭇가지의 실루엣

태엽을 감지 않아도 화요일은 온다

* 살바도르 달리

7부두

하역 시기를 놓친 골리앗 크레인

'노동시간을 보장하라'

피로 쓴 아우성 이마에 묶고
시위하는 노동자들

난바다에서 표류 중이다

구호가 새긴 현수막을 돌개바람이 낚아챈다

먼 해역을 항해할 화물선
천마산이 지친 노을을 선적한다

막사 모퉁이를 돌아서면
부식한 철로는 잡풀을 끌어안고

바리케이드 친 쇳내

철조망을 넘어온 줄장미들

붉지도 않다

봄은 파업 중이다

관음

마릴린 먼로의 웃음을 날리며
능소화 핀 거리를 활보한다

환풍구 위에서
먼지바람이 치마를 뒤집어쓰고
방향을 놓친다

벌거벗은 공주들
한 뼘씩 짧아진 걸음걸이
발칙한 누드가 숨통을 죈다

꽃들의 밀회
항간에 떠도는 가십거리 훔쳐보며
하이힐 신은 그녀를 쫓고 있다
선글라스로 따돌린 해프닝

천 개의 손가락으로 욕망을 꿈꾸는
파파라치들

한눈파는 척 카메라 셔터를 누른다

풍문 몇 장 뜨겁다

하늘 밑 사리가 익을 때까지

산문 열어놓고
화염에 휩싸인 제의

황금빛 가사를 걸친
적천사 은행나무 다비식을 치른다

주장자를 휘두른 바람 앞에서
천년을 하루같이
선문답으로 일갈하던 선사들

죄 없이 살다 열반에 들고

나무南無 삼아 지핀 해탈의 시간들
등신불로 타오른다

면벽하는 그늘 아래서
가부좌 튼 몸에 불붙이는 중생들

실뿌리마다 맑게 트인 물소리
선정에 든 무차루가 탱화를 덧칠한다

불꽃놀이 끝낸 저녁이
푸르디푸른 불씨를 수습한다

제4부

담쟁이

겨울로 가는 중이다

설 자리 잃고
뼛속으로 칼바람이 후려친다

꽃불 덴 자리마다 촉을 세운
검은 열매들

긴 밤 추스른 거침없는 행보
혹한을 서릿발로 뭉개고
굳은살 박인 손으로 네게로 간다

헛뿌리나마 구축해야 할
지상이라는 왕국

아찔한 옹벽
밀고 또 밀어가며
늙은 육신으로 돌아가는 길이다

종이컵

네온등처럼 빛나고 싶어

한 번의 입맞춤
혀끝에서 피어난 살꽃들

익명의 건들바람
입안에 괸 감미로운 고백

짧았던 연애

목덜미 훑던 입술은
이별에 앞서 건네지 못한 변명

구둣발로 차인 밤이면
뒤척이는 명자나무

지극히 소모적인 첫사랑이었다

스키드 마크

급제동하는 순간
전속력으로 밀어붙인 브레이크

한 줄 굉음에
파장이 긴 생채기

원치 않는 입맞춤
헛바닥에 새긴 키스 마크

캄캄한 터널을 빠져나와
가드레일 들이받고
백미러 밖으로 추락한 삶

갓길로 터져 나온 바큇살은
실패를 인정하는 암묵적 기호

질풍노도의 어둠 속에서
파열된 그가 사인sign을 남긴다

나, 여기서 망가졌어!

25시

신화가 사라진 아틀란티스
몰래카메라가 노골적이다

흥정이 따로 없는
밤의 성채

진공 포장한 기다림이 진열되고
수심을 알 수 없는
사랑해

열대와 냉대를 오가는
취향이 다른 연애가
가판대에서 팔짱을 끼고 있다

반값으로 할인된 바다가 결빙되고
깡통 속 고래는 원터치
눈치껏 물거품 게워 내며
과장 광고하는 인스턴트 사랑

밀봉한 살냄새 유혹하는
바코드가 출렁이는 감정을 구매한다

새로 출시된 별박이자나방들
한순간에 타오른 격정일수록
유통기한이 짧다

사랑도 제각각 편의대로다

붉게 상기된 얼굴로 한 사내가
진열장에서 뛰쳐나간다

추파

염천을 달구는
말매미 떼들
번식을 노래하는 쇳소리
쩌렁쩌렁하다
시뻘건 불길이 타는 고로高爐
발화점도 없는
구애의 몸짓이 저돌적이다
매몰된 지층 속에서
열정으로 태운 석화목
핏대를 세우고
당기고 밀치며 커졌을 아우성
땡볕에 폭주하는
소리란 소리 무쇠로 삼킨
숲은 한 그루 고체인가
찢긴 날개로 접었다 펴는
곡진한 울음소리
바람의 기척에
공명통이 화염에 휩싸인다

뜨겁게 달군 날개막
점과 선과 면이 녹아내리고
나무를 꿈꾸는
북새판은 환청일까
사랑을 빙자한 최후의 진술

폭염이란 말에는
폭력이 내장되어 있다

나팔꽃은 알고 있다

이른 아침부터 삿대질이다

누가 싸질러 놓고 간 배설물

진동하는 구린내

개똥을 고양이 똥이라 맞장을 뜬다

뒤통수를 후려치는 육두문자

골목을 찢는다

바람이 밟았을까

밤잠 설친 가로등도 킁킁,

주인 끌고 온 개들도 컹컹,

똥줄 탄 도둑고양이

오금 저린 담장을 넘는다

끝장이라도 보자고

한판 대거리하는

저 날 선 혓바닥들!

개성 삼계탕

퇴기의 알몸
이것은 하나의 토르소

지분 바른 속살을 열어
왜를 친 울음 부장품으로 집어넣고

꽃가마 한 채

무정란 품은 생애
꽃불 지펴가며

봄날을 우려낸다

휘몰이에서 자진모리로 잦아드는
씻김굿 한 마당

거문고 현을 뜯는 아린 손톱이
달빛을 어루만진다

부화를 기다리던 앳된 얼굴
한사코 쥐어뜯던

이팝꽃은 금세 허기가 진다

바람벽 끌어안고
펄펄 끓는 옹관을 발굴한다

공을 피해 달아나다

흰 줄이 정오처럼 그어지고
만국기가 펄럭이는 운동장에서

오전은 청군
오후는 백군

어디로 튈지 모를
운명이 공중에서 날고 있다
밟고 밟히는 그림자끼리 맞받아친다

바람의 기세로 꺾이는 호각 소리
유년을 움켜쥐고

숨을 곳마저 보여주는 놀이

전의戰意를 불태울수록 살아남는
피 한 방울 흘리지 않는
공방전

도망치는 아이들 뒤통수로
날아간 번아웃

공도 감정이 있다

낙관

탁본한
발자국 한 짝

시멘트가 마르기도 전에
발을 잃어버린

기울어진 몸이 눌러쓴
상형문자

목판에 새긴 흘레구름처럼
선데이 서울의 표지 모델처럼
바람이 들쑤신 마음속 화인처럼
족족

생의 모퉁이 벗어 던지고
어디로 튀어야 하나

도주한 흔적

상심한 낮달이
버리고 간 족쇄를 푼다

푸른 뱀

뱀 우는 소리로 갯내를 말린다

긴 똬리 튼 포구
수평선 밀고 온 하루해가
은빛 물너울로 자맥질을 한다

소금기 젖은 햇살 만수위에 두고
가슴을 할퀴는
오늘의 날씨는 외로움

일렁이는 바람
순항에 길들여진 빨갛고 흰 등대

뭍으로 가는 길
폐선로에선 난생설화가 자라고
날름거리는 헛바닥

절망조차 사치인

물보라가 허물을 벗는다

해조음 뜯다 말고 꼬리 잡힌 만灣
대가리 꼿꼿이 치뜬
한 마리 뱀처럼 사라진 기적소리

청사포, 이무기를 꿈꾸는

홀리다

고물상을 불렀다

벌건 대낮에
얼굴을 지우고 온다 했다

그럴 때가 있다
허랑방탕 살아온
시간을 폐기하고 싶은,

비말로 날아든 세상
민낯으로 나잇살 먹고

껍데기로 남은
자루 뭉치들

헐벗은 몸 껴입고 웃기도 한
늙은 옷들

그림자의 무게로

송금해 온 단돈 삼천 원

아흐,

길 가다 불쑥

나를 버리는 게 아니었다

시클라멘

만연체로 써 내려간

가깝고도 먼
발소리

행간에 쌓인 꽃그늘
마침표까지 속속들이 읽고 가는

바람의 시점
화려한 필살기로 무장한

당신이라는
이름의 자서전

눈물酒

술잔이 세상을 돌리는 밤
한 죽음을 애도한다

참치 한 마리
검붉은 살 얇게 저며지고
도려낸 눈알 알코올에 떨고 있다
연민에 찬 눈빛으로 쳐다본다

포식자의 해역을 주름잡던
먼 대양이 슬픔을 청한다

마지막 잔물결이 식도를 헤엄쳐간다

백파를 찾는 생은 늘 발목이 젖어
암초 후려치는 해저를 떠돌다
작살에 내리꽂힌 순간
뱃구레를 강타한 격랑에 쓰러졌다

그 바다가 온몸을 던져 운다

자정을 스크랩하다

　장방형으로 뻗어 있는 방 신문지 크기로 오려낸 형광 불빛이 숙면을 방해한다 열두 시를 경계로 자정은 절규처럼 일그러져 강박으로 몰아간다 미수에 그친 불안이 올가미에 걸려든다 발정 난 도둑고양이 새된 울음이 조여 오고 벽지에서 시든 달맞이꽃들 무거운 눈꺼풀을 껌벅거린다 침침한 눈을 팔아 내일을 살까 불면을 광고하는 홈쇼핑을 마이너스 카드로 질러댄다

　내일이라는 카운트다운 밤잠을 협박하며 낄낄거린다 예고 없이 날짜변경선이 넘어가고 불면의 발원지를 색출해 간다 체위가 바뀔수록 생생해지는 청맹과니의 시간들 내밀한 상처로 박혀 있다 머릿속에서 탈주를 모색하는 잡념은 체세포처럼 증식한다 창밖 불빛이 꺾인 골목에서 가로등 그림자를 벗어젖힌다 간담이 서늘한 악몽을 꿈꿀지언정 풋잠이라도 잠들 수 있게 콱,

　전쟁은 밤마다 진행 중이다

펜혹

육필로 쓴
불립문자

시간의 안쪽

쌍봉낙타는
맨발로 생을 필사해 간다

수수만년 베껴도 부족한
사구에서 수없이 무릎을 꿇고

모래의 신전

뿌리째 흔들리는
지문을 열고 들어서면

고요한 필적 사이로
아직도 걷고 있는 내가 보인다

곡절한 생의 감각

이병국

곡절한 생의 감각

이병국

(시인, 문학평론가)

고요한 필적 사이로 걷고 있는

　고경서 시인의 첫 시집 『볼록 거울이 있는 방』은 "부재의 숲에 집을 지었다/ 눈썹지붕도 주춧돌도 세우지 못한/ 종이 집을"이라고 전하는 '시인의 말'에서부터 인상적인 감응을 일으킨다. 그 어떤 욕망도 성취할 수 없는 취약한 기반으로서의 "부재의 숲", 그곳에 짓는 집은 무엇으로도 보호받지 못할 듯하다. 그리하여 그 어떤 "주춧돌"조차 세울 수 없어 외부의 작은 위력에도 무너질 "종이 집" 안의 존재는 언제든 위태로움에

노출될 위험이 농후하다. 이러한 상황은 자아와 세계 간의 접촉면을 제거하여 존재를 예외적 존재로, 즉 타자로 내몬다. 제아무리 이를 부정하고 결여와 결핍을 존재의 바탕으로 삼아 디오게네스처럼 금욕과 자족을 통해 주어진 것을 향유한다고 하더라도 이는 "몸 기댈 지팡이도 눈물도 없이 비탈에 널브러진 음계들"과 "악보에 없는 미로를 빠져나온 고단한 생"(「춤추는 디오게네스」)을 은폐할 뿐이라 황폐한 실재를 시니컬함으로 전복하고 유희하기가 어렵다(cynical의 어원은 견유주의 즉 키니코스*Κυνικοί*/kynikos에서 비롯되었다). 존재의 결여라는 공백과 비루하고 부조리한 상황에서 벗어날 방법은 요원하기만 하다. 그렇다고 위축된 채로 삶을 방기할 수는 없는 노릇이다. 고경서 시인의 시집에서 우리가 어떤 참혹과 마주하는 한편에서 일련의 비판적 태도를 읽을 수 있는 것은 생의 간절을 시로 전유한 고경서 시인의 예술가적 수행이 고양된 주이상스jouissance 의 미학으로 펼쳐지기 때문일 것이다. 알다시피 주이상스란 특정 대상으로 고착되는 소외된 욕망의 구조에서 벗어나 결코 도달할 수 없는 존재의 불가능성을 욕망하고 향유하려는 움직임 자체를 뜻한다. 그 일환으로 고경서 시인은 존재가 지닌 생의 간절을 통해 욕망 충족의 불가능성을 발화하는 한편 불가능성 자체를 욕망하는, 욕망을 욕망하는 강한 욕동(drive)의 발현태로서의 시적 수행을 모색해 나간다.

표제작인 「볼록 거울이 있는 방」의 화자는 "검은 사각으로

감싼 방"에 자리한 "버지니아 울프"의 뒷모습을 응시한다. 이
때 버지니아 울프는 실재의 공간에 자리한 것이 아니다. 그녀
는 "조도 낮은 거울 속"에 위치하며 그것도 볼록 거울에 의해
왜곡된 상으로 존재한다. 주지하다시피 볼록 거울은 현실을
있는 그대로 되비추지 않는다. 그것은 빛을 분산시켜 특정 장
소를 넓게 비춰 눈으로 볼 수 없는 사각지대를 비롯하여 전체
를 한눈에 볼 수 있도록 가시적 범위를 확장한다. 또한 볼록한
형태로 인해 거울은 허초점의 축을 지니며 항상 축소된 정립
허상만을 우리의 눈에 되비춘다. 비가시적 공간을 포함하여
가시화된 세계는 우리의 시계視界를 확장시키지만, 이는 왜곡
에 기초하기에 실재라기보다는 상상적 체계와 유사하다. "왜
곡된 욕망이 페이지마다 얼비"치는 책은 버지니아 울프 바깥
에서 그녀의 욕망을 왜곡하며 그녀를 응시하는 화자를 기만한
다. 볼록 거울은 그녀와 그녀를 응시하는 화자를 이중으로 구
속하며 상상적 층위에 가둔다. "암막 커튼 틈새로 본 새들의
발자국"은 거울의 세계에서 벗어난 존재의 흔적이자 "저 바닥
의 허기를 깨워" 줄 단초로 작용한다. 그러나 버지니아 울프의
생을 이미 알고 있는 화자는 그것이 불가능성 자체를 욕망하
는, 욕망의 욕망에 그칠 것임을 알고 있다. "레테의 강물 속으
로 걸어들어"갈 수밖에 없는 저 탈주의 욕동은 "격류에 침몰하
고 만 허공"으로 전락하는 것인지도 모를 일이다. 그럼에도 고
경서 시인이 이를 시적 수행으로 전유한 이유는 볼록 거울의

왜곡 속에서도 "수만 송이 꽃으로 피어난 페미니즘"의 미래를 인지하고 있기 때문일 것이다. 이는 불가능이 상상적 층위의 왜곡을 뚫고 다른 실재로 가시화된 주이상스의 드라마와 예외적 존재로 내몰린 타자의 간절이 투사된 결과라고 할 수 있다. 고경서 시인의 시집은 이러한 시인의 사유가 시적 수행의 양태로 전해져 인상 깊은 울림을 경험케 한다.

길바닥에 발붙이고 사는 삶

입을 벌리고 웃는다

입구와 출구가
한통속인 매머드 빌딩

아침을 벗어놓고 시계방향으로
출근을 밀어 넣는 순간

이백여섯 개의 뼈마디가 콧대를 꺾는다

긴 하루를 입은 화이트칼라 족族
닫히면서 열리는 칼날에
일용하는 식구들 숟가락이 긴장하고

정오를 회전축으로

밥줄을 조인 넥타이가

자존심을 쥔 서류 가방이 굴종을 강요한다

먹이사슬은 유리 구멍을 통과하는 것

입심 하나로 맨바닥을 후벼판다

밤은, 깨지고 부서진

별똥별이 출구를 뛰쳐나간다

— 「회전문」 전문

호구糊口하기 위해 "아침을 벗어놓고" 출근해야 하는 삶. "이백여섯 개의 뼈마디"를 움직여 "매머드 빌딩"이 요구하는 삶의 방향에 자신의 "콧대를 꺾"고 맞춰야 하는 삶은 고단하다. 그로부터 탈주하고 싶지만 "일용하는 식구들"을 생각하면 욕망을 욕망하는 것조차 허락되지 않는 것이 삶이다. 그러니 회전문을 맴도는 일처럼 반복되는 하루에 맞춰 회사와 세계가 강제하는 바에 따르지 않을 수 없다. "밥줄을 조인" 채 "굴종을 강요"하는 세계에 맞서 "전쟁처럼 싸워보는"(「빈 드럼통 굴리듯」) 일은 도구로 전락한 존재를 해방시켜 실존을 지켜내는 일이 될 것이다. 그러나 주어진 삶의 조건에서 벗어날 어떤 가능

성을 만들어 내려는 노력은 세계와의 불화를 해소할 계기가
될 수는 있을지언정 일상적 삶의 망실을 각오해야만 하는 존
재론적 위기를 야기할 위험으로 작용할지도 모른다. "파국의
소용돌이에 휘말려/ 퇴각하는 혁명군처럼/ 뼛속까지 짓뭉개
져야"(「빈 드럼통 굴리듯」)만 하는 것처럼 말이다. 닫힌 것도,
열린 것도 아닌 회전문은 강제된 현실에서 언제든 탈주할 수
있으리라는 상상을 가능케 하지만 기실 끊임없이 같은 자리를
맴도는 존재의 회전축을 고착화하는 데 기여할 따름이다.

　그렇다고 회전문 안쪽으로 진입하는 것을 타자화된 삶 혹은
굴종으로만 볼 수는 없다. 물론 "입을 벌리고 웃"는 저쪽은 신
자유주의적 자본주의 체제의 폭력과 억압의 체계임이 분명하
다. 그럼에도 이를 생활의 방편으로, 호구의 기본값으로 삼을
수밖에 없는 것은 어찌 보면 시대의 존재 방식인지도 모르기
때문이다. 세계로부터 추방당하지 않기 위해 시대의 존재 방
식을 체화하며 사는 삶을 통해 매일 "유리 구멍을 통과"하며
"먹이사슬"의 한 층위를 영위함으로써 "맨바닥을 후벼"파는
고통 너머에서 "바닥의 허기를 깨워"(「볼록 거울이 있는 방」) 비
약의 계기로 전유할 수도 있다. 당연하게도 이는 왜곡된 인식
에 가깝기도 하다. 그러나 "깨지고 부서진/ 별똥별"이 되어
"출구를 뛰쳐나"가기 위해서라도 불가능한 욕망을 삶에 어떻
게 접합할 수 있을까를 고민하며 가능과 실패를 하나씩 소거
해 나가는 일을 상상할 필요가 있다. "가시면류관을 쓴 결빙의

문장들"이 재현하는 고경서 시인의 시적 표상이 "역풍에 꺾인 채 신생을 꿈꾸는"(「흑산 적소에서」) 방식의 복잡한 관계망 속에서 모색하는 전복의 가능성처럼 말이다.

난간 없는 허공에서
무작정 뛰어내리는 눈발들
진눈깨비로 흩어지고

미납된 고지서들
마이너스 통장엔 바람만 쌓인다

헛바닥에 짓눌린 응어리들
탕감받지 못한 안색으로 무너져 내린
기둥 없는 집들

낮술로 찌그러진 옥탑방
야반도주한 가난이 깡통 소리로 구른다

새파랗게 질린 눈사람들
돋을볕 등진 채 형극荊棘을 견딘다

　　　　　　　　　　　　　　　　　　— 「하우스 푸어」 부분

신자유주의적 자본주의 체제의 욕망을 욕망하며 삶을 추동하는 일 중 하나가 내 집 마련의 꿈일 것이다. 물론 내 집을 마련하겠다는 것이 실현 불가능한 혹은 그럴 필요가 없는 일은 아니다. 그러나 그것이 생활을 위한 장소(home)가 아닌 소비되고 교환되는 경제적 가치로서의 공간(house)으로 간주될 때 기괴함으로 인식되는 것도 사실이다. '벼락거지'라는 용어가 유행이 될 만큼 집, 특히 아파트 소유를 욕망하는 일은 우리 삶에 중요한 맥락을 차지한다. 2020년대 초의 코로나19 팬데믹 시기는 역설적으로 증시와 아파트 가격 상승의 활황기였다. '영끌'과 '빚투'로 표상되는 현상은 경제적 약자가 처해 있는 구조적 모순을 드러내는 한편 그들에게 상대적 박탈감을 경험하게 했다. 이는 생존에의 욕망과 결합하여 사회적 흐름에 편승해야만 전락하지 않는 삶을 살 수 있으리라는 위기감으로 다가왔다. "난간 없는 허공에서/ 무작정 뛰어내리는 눈발들"처럼 존재는 자신의 선택이 아닌 신자유주의적 자본주의의 욕망을 욕망하는, 강제된 선택에 내몰려 그 어떤 보호 장치 없이 뛰어들어야만 했다.

그 결과 존재는 '하우스 푸어'가 되어 "미납된 고지서들"을 어쩌지 못한 채 "기둥 없는 집"을 짊어지고 "마이너스 통장엔 바람만 쌓"여 가는 것을 "새파랗게 질린 눈사람"의 취약함으로 감당해야 하는 상황에 내몰리게 되었다. 생의 간절을 추동하고자 했으나 언제 녹아버릴지 모르는 상태로 "돈을별 등진 채 형극"을 견뎌야만 하는 삶은 비참하기만 하다. "어쩌자고 길을 잃었을까"(「대자보 날다」)라고 자문해도 그 답을 구하기는 녹록지 않다. 그저 "벼랑 끝 비행"을 지속하며 "정해진 노선"에 몸을 싣고 "종착역 없는 전쟁으로 치닫고 있"(「대자보 날다」)는 세상에 삶을 끼워 맞춰야만 하는 것인지도 모르겠다. 이를 "에스키스의 시간"(「착란의 일기」)이라고 말할 수 있다면 좋으련만 실상은 "생의 경로를 탈선한"(「물금」) 것이어서 이를 회복하기란 요원하기만 하다.

> 껍데기로 남은 생애
> 내용물을 비워낸
> 페트병에서 사생활이 내비친다
>
> 울분에 찬 쓰레기 같은 세상
> 뒷북치듯 살아온 날들은
> 재활용도 쉽지 않다
>
> …(중략)…
>
> 상투적인 웃음은 쓸모를 잃고
> 구겨진 상처는
> 수거함 속에서 헛물을 들이킨다

입에 발린 독설을 내뱉으며

차마 분리할 수 없는

눈물과 슬픔은 폐기될 운명이다

조문하는 바람은 목이 마르다

　　　　　　　—「페트병 속에 들어 있는 저녁」 부분

꿈꾸는 연서

안개꽃으로 봉인한

지난봄 갈증

밤새 쓰다

찢어버린 발자국

햇빛 걷어낸 행간에서

날 선 울음 말리고

꽃그늘 열어

나비는 바람을 접는다

못다 읽은 향기

끝내 보내지 못한

이별

실루엣으로 남아

꽃말로 낡아간다

—「드라이플라워」전문

　「페트병 속에 들어 있는 저녁」에서 고경서 시인은 존재의
양태를 "껍데기로 남은 생애"로 치환하여 발화한다. 이렇게
말할 수밖에 없는 이유는 이미 「하우스 푸어」에서 형상화된
바에서 짐작할 수 있다. 그것은 어쩌면 "캄캄한 절벽에서 실족
한 피투성이를 감싼 리얼리티"이자 "실패한 인생마저 현재 시
제로 서술하는 그림자의 영역"(「무거운 책」)을 응시하는 데에
서 비롯한 참혹의 기록인지도 모른다. 그야말로 치열하게 살
아온 존재의 실존에 각인된 결핍과 불완전성의 고통을 제거할
수 없어 불가피하게 표출하게 되는 절박하기만 한 "울분"에 기
인한 것처럼 느껴진다. 고경서 시인이 감응하는 존재는 "내용
물을 비워낸/ 페트병"처럼 곧 폐기될 위기에 놓여 있다. 세계
의 욕망에 따라 소비되고 착취된 존재의 존엄은 "쓰레기 같은
세상"에서 "재활용도 쉽지 않"아 "차마 분리할 수 없는/ 눈물
과 슬픔"을 매단 채 "폐기될 운명"에 처해 버린 듯하다. 어쩌면

그저 견디는 것에 불과할 수도 있는 생을 영위하고 삶을 살아가기 위해 아등바등한다고 해도 존재는 "쓸모를 잃"은 "상투적인 웃음"으로 전락하고 만다. 그로 인해 "구겨진 상처는/ 수거함 속에서 헛물을 들이"킨 채 자신의 기원과 흔적도 사유할 수 없는 상황으로 내몰리는 것이다. 이 절박의 감각은 정서적 갈증과 실존적 고뇌를 심화시키며 그 어떤 해결책도 마련할 수 없으리라는 절망의 고통을 가시적으로 그려낸다. 무참함의 심연에서 다른 존재와의 관계를 통해 위안을 갈구하는 행위는 생의 위기로부터 그 어떤 돌파구를 마련할 수 있을까. 일그러진 삶과는 별개로 혹은 위기와 갈등을 회복하려는 찰나의 믿음이자 상상의 산물로 누군가에게 "꿈꾸는 연서"를 건네는 일은 어떨까.

고경서 시인의 시집 전반에 흐르는 시니컬한 정동으로 말미암아 '연서'의 감수성은 그 막연한 동경의 감각으로 인해 도달 불가능한 위안을 상기하며 경쾌한 상실감을 가중시킨다. "안개꽃으로 봉인한/ 지난봄 갈증"은 생동하는 열망으로 충일한 감정의 확장으로 전이되지 못한 채 "밤새 쓰다/ 찢어버린 발자국"의 흔적으로만 남는다. "생가슴 태우며 날밤 지새우는"(「필경」) 일은 연정에서 비롯되지 않는다. 오히려 "패착이 된 바다를 만지작거"리며 "비탈의 기울기로 정박한 집"(「동피랑을 손에 쥐고」)을 "불안의 은신처"(「꿈에도 모서리가」)로 여기며 "결박을 절박이라고 오독하"곤 그 무엇도 "구원하지 못한 채/

찢어지고야 말"(「필경」) 고통만을 환기할 따름이다. 그러니 "꿈꾸는 연서"는 상상적 층위에서만 쓰여지는 기만적 행위가 되어 그 누구와도 연결될 수 없다는 왜곡된 욕망의 "실루엣으로 남아" 메말라 버리고 마는 것이 아닐까. 그럼에도 "햇빛 걷어낸 행간에서/ 날 선 울음 말리"는 것은 그저 어둠 속에 폐허화된 삶을 기입하는 일이 되지는 않는다. 오히려 이는 소외된 욕망의 구조에서 벗어나 결코 도달할 수 없는 존재의 불가능성을 욕망하고 향유하려는 구체적 수행으로 볼 수도 있다. 시인이 "슬픔은 내부로 향하는 법"(「그만 핏빛 노을을 멈춰 줄 수 없겠니」)이라고 한 것처럼 "꽃그늘 열어" "바람을 접"고 "끝내 보내지 못"하더라도 의미를 확정지을 수 없는 폐쇄된 존재의 내면을 살피는 행위로서 연서의 역할은 충분히 가치 있는 일이라 할 수 있다. 게다가 이는 "맺힌 응어리 날려 보낼 해우소"(「모나리자, 모나리자」)로 작용하여 저 폐쇄로부터 벗어나 존재의 외부를 지향했다는 데 의의를 더한다고 볼 수도 있겠다.

백파를 찾는 생

"생은 빈 밥그릇에 고봉밥을 담는 일"(「그늘 공양」)이라고 고경서 시인은 말한다. 물론 그러기 위해 불가피하게도 "취한 당신들의/ 탬버린을 혼"(「시녀」)들며 "탭댄스 장단에 가면을 덮어쓰고/ 한 끼 밥을 구하는 바람잡이"(「허풍선이」)가 되는 비참을 감내해야 하는 것인지도 모른다. 신자유주의적 자본주의 체제의 착취와 강제가 "햇살을 쟁여 희망을 고문하"더라도 "꺾인 나뭇가지의 실루엣"(「기억의 지속」)을 붙잡아야 할 이유는 우리 삶에 차고 넘친다. "헐벗은 몸 껴입고 웃기도 한/ 늙은 옷들"이 지닌 "그림자의 무게"(「홀리다」)가 생을 팔아 지켜낸 삶의 진정임을 간과해서는 안 된다. 고경서 시인이 응시하는 시적 대상이 비참과 전락에 매몰되어 전시되는 것이 아닌 것처럼 말이다.

한 여자
오체투지로 시장바닥을 밀고 간다

인파 속을 자맥질하는 우아한 춤사위
순례하는 난바다가 깊다

한때 푸른 해양을 전전하다
세상의 조류에 휩쓸려버린 섬

…(중략)…

물너울 안고 속울음으로 합창하는
저 포유류의 힘찬 비상

―「혹등고래」부분

겨울로 가는 중이다

설 자리 잃고
뼛속으로 칼바람이 후려친다

꽃불 덴 자리마다 촉을 세운
검은 열매들

긴 밤 추스른 거침없는 행보
혹한을 서릿발로 뭉개고
굳은살 박인 손으로 네게로 간다

헛뿌리나마 구축해야 할
지상이라는 왕국

아찔한 옹벽
밀고 또 밀어가며
늙은 육신으로 돌아가는 길이다

―「담쟁이」전문

'혹등고래'로 비유된 "한 여자"가 있다. 여자는 "질긴 고무판으로 아랫도리를 입고" "오체투지로 시장바닥을 밀고 간다". 시장바닥을 밀며 구걸로 생을 이어가는 비루한 삶을 향한 시인의 응시는 비참과 전락의 서러움을 "인파 속을 자맥질하는 우아한 춤사위"의 역동성으로 바꿔 놓는다. 이는 자신을 향한 연민과 혐오의 눈길로 인해 "세상의 조류에 휩쓸려버린 섬"으로 존재해야 하는 여자의 아득한 시간의 깊이를 고양된 주이상스의 미학으로 전환하는 것이다. 우리 삶의 한편에 존재하지만 언제나 주변부로 밀려나 시선으로부터 배제된 이들을 향한 시인의 응시는 앞에서 살펴본 바와 같이 이번 시집이 간절하게 부여잡고 있는 바이기도 하다. 그것은 비참을 전시함으로써 절박을 형상화하는 것이 아니라 취약한 존재의 간절을 통해 불완전한 세계를 자각하고 좀 더 나은 삶을 추구하는 충동으로 이어진다. 상처와 고통을 강렬하게 부르짖는 대신 "물너울 안고 속울음으로 합장"하며 "힘찬 비상"을 소망하는 것처럼 말이다.

그러나 혹등고래의 "힘찬 비상"이 구체적 방향을 지니지 못할 때에는 삶의 무게와 고통, 억압을 가중시킬 위험이 있는 것도 사실이다. "물비늘 튀기며 바다를 칼질하던" "비릿한 생"의 감각조차 "그물코에 던져진 먹잇감"(「감포」)으로 착취당하거나 "난바다에서 표류"(「7부두」)하며 존재의 망실을 경험할 수도 있다. 고경서 시인은 이러한 훼손의 곤경을 감내하고라도 비극적 생에 머무르려 하지 않는다. 그런 이유로 시인이 형상화하는 "설 자리 잃고/ 뼛속으로 칼바람이 후려"치더라도 "겨울로 가는" 담쟁이의 능동성은 그 어떤 정신적 균열과 존재론적 위기 속에서도 절망하지 않는 삶의 간절과 고매함으로 여울져 있음을 느끼게 한다. "긴 밤 추스른 거침없는 행보"로 강렬한 자기 초월의 충동을 발판 삼아 "혹한을 서릿발로 뭉개"며 존재론적 고양의 감각과 함께 "아찔한 옹벽"을 "밀고 또 밀어가며" 살아가는 일이야말로 시인이 담쟁이를 통해 우리에게 전하는 둔중한 삶의 긍정성이 아닐까.

이번 시집을 통해 고경서 시인이 재현하는 존재는 "부재의 숲"으로 상징되는 세계의 부조리함으로 인해 취약함에 내몰리지만 그렇다고 위축된 상태로 삶을 방기하지 않는다. 시인은 소외된 욕망의 구조에서 벗어나 결코 도달할 수 없는 존재의 불가능성을 욕망하고 향유하려는 움직임을 통해 세계를 살아내는 삶의 간절을 기록하고 현실을 비판하고 있다. 혹등고래의 비상이 이카로스의 추락(「8월의 이카로스」)이 될 위험이 없는 것도 아니지만, "작살에 내리꽂"히더라도 "백파를 찾는 생"(「눈물酒」)의 감각을 포기할 수는 없을 것이다. 이 곡절한 생의 감각이야말로 시인이 "수수만년 베껴도 부족한/ 사구에서 수없이 무릎을 꿇고"(「펜혹」) 기록한 우리 삶의 실재임은 분명하다.▨

| 고경서 |

본명 고경숙. 경남 통영에서 출생했다. 2002년 『농민신문』 신춘문예 수필 부문, 2011년 『한라일보』 신춘문예 시 부문에 당선되었다. 제4회 천강문학상 수필 부문 대상 및 제41회 현대수필문학상을 수상했다. 수필집으로 『감성어 낚시』(2022년 아르코 문학나눔 선정)가 있다.

이메일 : cyclamen830@hanmail.net

현대시 기획선 109

볼록 거울이 있는 방

초판 인쇄 · 2024년 9월 20일
초판 발행 · 2024년 9월 25일
지은이 · 고경서
펴낸이 · 이선희
펴낸곳 · 한국문연
서울 서대문구 증가로29길 12-27, 101호
출판등록 1988년 3월 3일 제3-188호
편집실 | 서울 서대문구 증가로31길 39, 202호
대표전화 302-2717 | 팩스 · 6442-6053
디지털 현대시 www.koreapoem.co.kr
이메일 koreapoem@hanmail.net

ⓒ 고경서 2024
ISBN 978-89-6104-364-9 03810

값 12,000원

* 본 사업은 2024년 부산광역시, 부산문화재단 〈부산문화예술지원사업〉으로 지원을 받았습니다.

* 잘못된 책은 바꾸어 드립니다.